www.ingramcontent.com/pod-product-compliance
Lightning Source LLC
LaVergne TN
LVHW010439070526
838199LV00066B/6083
9789369085071

اَن تھک جان

(چیونٹیوں کی کتھا)

قدسیہ زیدی

© Qudsia Zaidi

Un-thak Jaan *(Kids Novelette)*
by: Qudsia Zaidi
Edition: December '2024
Publisher :
Taemeer Publications LLC (Michigan, USA / Hyderabad, India)

ISBN 978-93-6908-507-1
9 789369 085071

مصنف یا ناشر کی پیشگی اجازت کے بغیر اس کتاب کا کوئی بھی حصہ کسی بھی شکل میں بشمول ویب سائٹ پر اَپ لوڈنگ کے لیے استعمال نہ کیا جائے۔ نیز اس کتاب پر کسی بھی قسم کے تنازع کو نمٹانے کا اختیار صرف حیدرآباد (تلنگانہ) کی عدلیہ کو ہوگا۔

© قدسیہ زیدی

کتاب	:	**اَن تھک جان** (بچوں کا ناولٹ)
مصنف	:	**قدسیہ زیدی**
صنف	:	ادب اطفال
ناشر	:	تعمیر پبلی کیشنز (حیدرآباد، انڈیا)
سالِ اشاعت	:	۲۰۲۴ء
صفحات	:	۴۴
سرورق ڈیزائن	:	تعمیر ویب ڈیزائن

اَن تھک جان

شام کا وقت تھا ، احمد کے سب گھر والے دسترخوان پر بیٹھے کھانا کھا رہے تھے کہ احمد کی اُمّی نے کہا :

"احمد گودام کی ڈولی میں آم کی میٹھی چٹنی رکھّی ہے ذرا سی پیالی میں نکال لاؤ ، دیکھنا مرتبان کا ڈھکنا ذرا اچھی طرح بند کرنا ، کہیں چیونٹیاں نہ بڑھ جائیں ۔"

احمد جلدی سے اُٹھا اور ایک پیالی
اور چمچہ لے کر گودام میں پُہنچا کہ تھوڑی
سی چٹنی نِکالے ۔ دیکھتا کیا ہے کہ مرتبان
کا مُنہ کھُلا ہے اور سینکڑوں چیونٹیاں
ہیں کہ اندر سے باہر تک بھری پڑی
ہیں ۔ احمد چلّاکر اپنی اُمّی کو خبر کرنے
ہی کو تھا کہ ایک چیونٹی نے بڑی
لجاجت سے کہا :
"میاں احمد"، پریشان کیوں ہوتے ہو،
چٹنی تو تم نے سینکڑوں بار کھائی ہوگی
مگر ہماری بپتی کبھی نہیں سُنی ہوگی ۔ آج
تو تم سے باتیں کرنے کو دل چاہتا
ہے ، آؤ میں تمھیں اپنی کہانی سُناؤں
اتنی دِلچسپ ہے کہ تم آم کی چٹنی

کو بھول جاؤ گے۔"

احمد نے کہا: "اِس وقت تو میں جلدی میں ہوں، لیکن اتنا ضرور بتا دو کہ تم اِس قدر کھاؤ کیوں ہو، جہاں کہیں کوئی کھانے پینے کی چیز رکھی اور آپ آن دھمکیں اور پھر اکیلی خود ہی نہیں اپنی بیسیوں بہنوں کو بھی لپٹا لیتی ہو۔"

چیونٹی نے کہا: "بس یہی تو آپ کی بھول ہے، میں کھانا اپنے لئے نہیں، بلکہ اپنی بستی کے لئے جمع کر کے لے جاتی ہوں۔"

احمد نے دریافت کیا: "کیا شہد کی مکھیوں کی طرح آپ کی ٹانگوں میں بھی تھیلیاں لگی ہوئی ہوتی ہیں جن میں

آپ کھانے پینے کی چیزیں جمع کرکے لے جاتی ہیں ؟"

چیونٹی نے جواب دیا : "جی نہیں، ہم خشک چیزوں کو کُتر کر چھوٹے چھوٹے ٹکڑے کر لیتے ہیں پھر اُنھیں اپنے جبڑوں میں پکڑ پکڑ کر لے جاتے ہیں۔"

احمد نے کہا : "اچھا کھانے کی چیزوں کو تو جبڑوں میں پکڑ کر لے جاتی ہیں، مگر پینے کی چیزوں کو کیسے لے جاتی ہیں ؟"

چیونٹی نے کہا : "انھیں ہم چوس کر اپنی ربڑ جیسی لچک دار تھیلی میں بھر لیتے ہیں، یہ تھیلی ہمارے پیٹ میں ہوتی ہے چونکہ معدے سے اس تھیلی کا کوئی لگاؤ نہیں ہوتا اس لئے اس میں جمع کی ہوئی

چیز دِنوں جوں کی توں رکھی رہتی ہے۔"

احمد نے پوچھا: "مگر آپ تھیلی میں سے کھانا نکالتی کیسے ہوں گی؟"

چیونٹی نے کہا: "ضرورت کے وقت جمع کیا ہوا کھانا ہم اپنے منہ سے اُگل کر دوسروں کے منہ میں ڈال دیتے ہیں۔"

احمد نے پوچھا: "ایک وقت میں کتنا کھانا آپ پیٹ میں جمع رکھ سکتی ہیں؟"

چیونٹی نے کہا: "یوں تو ہماری تھیلی بھی تھوڑی بہت لچک دار ہوتی ہے مگر بعض قسم کی چیونٹیاں جو کپّا چیونٹیاں کہلاتی ہیں، اپنی تھیلی کو شہد سے بھر کر اصلی ناپ

کپّا چیونٹی

سے دس گنا زیادہ
بڑا کر سکتی ہیں، اور وہ
پھول کر سچ مچ کپّا
بن جاتی ہیں۔ جب
اُن کا پیٹ اتنا پھول جاتا ہے کہ وہ
چل پھر نہیں سکتیں تو یہ زندہ کپّے بستی
کی چھت سے لٹک جاتے ہیں اور بستی
کی اور چیونٹیاں بھی شہد لا لا کر اِنھیں
کپّوں میں لوٹتی رہتی ہیں۔"
احمد نے پوچھا، "کپّا بننے سے اُن
کے پیٹ میں درد نہیں ہوتا؟"
چیونٹی نے جواب دیا: "سب چیونٹیوں
کو ایک دوسرے کی سیوا کرنے میں بہت
خوشی ہوتی ہے۔ چیونٹی ہمیشہ بستی کی خاطر

اپنی جان جوکھوں میں ڈالتی ہے۔ اور اسی طرح کُپّا چیونٹیوں کو بھی کُپّا بننے میں بڑا مزا آتا ہے اور یوں ہی لٹکے لٹکے مرجانا اپنا فرض سمجھتی ہیں۔"

احمد نے سوال کیا: "کپّا چیونٹیوں کے علاوہ اور چیونٹیاں کیا کام کرتی ہیں؟"

چیونٹی بولی: "یہ سب دن رات محنت کرتی ہیں، بستی کی صفائی، ماؤں کی دیکھ بھال، انڈوں کو دھو دُھلا کر صاف ستھرا رکھنا، کھانا تیار کرنا، اپنا سنگھار اور گھر کے بیسیوں دھندے۔"

احمد نے کہا: "ایک ایک کام مجھے اچھی طرح سمجھائیے۔"

چیونٹی نے کہا: "سب سے پہلے بستی

کی صفائی کے بارے میں سُنئے: یوں تو ہماری بستی میں ہر وقت گھُپ اندھیرا رہتا ہے، مگر پھر بھی ہم وہاں کسی قسم کا کوڑا کرکٹ جمع نہیں ہونے دیتے۔ مری ہوئی چیونٹیوں کی لاشیں، بچوں کی پُرانی کیچلیاں وغیرہ فوراً بِل کے باہر پھینک دیتے ہیں، بہت سی چونٹیاں ہر وقت صفائی کے کام میں لگی رہتی ہیں۔"

احمد نے پوچھا: "ماؤں کی دیکھ بھال آپ کیوں کر کرتی ہیں؟"

چیونٹی نے کہا: "بستی میں رانیوں کے علاوہ مائیں بھی ہوتی ہیں جو رانی کی طرح انڈے دیتی ہیں۔ چونکہ یہ بھی بستی سے باہر نہیں آتیں اس لئے اُن کا

کھانا بھی ہمیں اُن کے کمروں میں پہنچانا پڑتا ہے"

احمد نے کہا: "بزرگوں کی سیوا کرنا تو بہت اچھی بات ہے مگر آپ انڈوں اور بچوں کی کیا خدمت کرتی ہیں؟"

چیونٹی بولی: "جوں ہی رانی ماں انڈا دیتی ہے قُلی اُٹھا کر اُسے نرسری میں لے جاتے ہیں۔ عام طور پر نرسری چھتے کے اوپر کی منزل میں دروازے کے پاس ہوتی ہے تاکہ ضرورت کے وقت انڈوں کو آسانی سے باہر لے جا کر دھوپ میں

پھیلا سکیں ۔ پھر ہم نرسری میں جاکر ہر وقت انڈوں کو چومتے چاٹتے رہتے ہیں۔"

احمد نے کہا : "بھلا اِس کی کیا ضرورت ہے ؟"

چیونٹی نے جواب دیا: "اِس کے تین فائدے ہیں ۔ پہلا تو یہ کہ چاٹنے سے انڈوں پر کسی قِسم کا داغ دھبّا نہیں آنے پاتا دوسرے ہماری زبان کے ذریعے اُن کے جسم میں غذا پہنچتی رہتی ہے اور تیسرے ہمارے مُنہ کی گرمی سے انڈے سِنکتے رہتے ہیں۔"

احمد نے پوچھا : "سینکائی سے انڈوں کو کیا فائدہ پُہنچتا ہے ؟"

چیونٹی بولی : "سینکائی اور کھِلائی سے

انڈے بڑھتے رہتے ہیں۔ بڑھ جانے کے بعد ان میں سے ننھی ننھی سنڈیاں نکلتی ہیں، یہ سنڈیاں تھوڑے دن میں پھر روپ بدلتی ہیں اور اب کوکون بن جاتی ہیں۔ جنھیں ہم ہر وقت لوٹتے پلٹتے رہتے ہیں کہ کہیں ایک ہی کروٹ پر پڑے پڑے خراب نہ ہو جائیں۔"

احمد نے پوچھا: "کوکون کیا ہوتا ہے؟"

چیونٹی نے کہا: "یہ انڈے کا دوسرا روپ ہے، اسے منجھ روپ بھی کہتے ہیں۔ اس روپ میں سنڈی یا تو اپنے اوپر ریشم کات کر اس کا خول چڑھا لیتی ہے یا اپنی کھال ہی کے اندر سمٹ کر سفید چاول سا بن جاتی ہے۔"

احمد نے پوچھا: "چیونٹی انڈے سے لے کر چیونٹی بننے تک کتنے روپ بدلتی ہے؟"

چیونٹی نے جواب دیا: "پہلا روپ انڈا، دوسرا سُنڈی، تیسرا کوکُون، آخری اور چوتھا چیونٹی۔"

احمد نے سوال کیا: "رانی اور ماں میں کیا فرق ہوتا ہے؟"

چیونٹی بولی: "رانی کے انڈوں میں سے کمیریوں کے علاوہ شہزادے اور شہزادیاں نکلتی ہیں، اور ماں کے انڈوں میں سے صرف کمیریاں جو نہ نر ہوتی ہیں نہ مادہ۔"

احمد نے پوچھا: "کیا انڈے، سنڈیاں اور کوکُون سب ایک ہی نرسری میں رکھے رہتے ہیں۔"

چیونٹی نے کہا: "جی نہیں ایسا نہیں ہوتا، سب انڈوں، سُنڈیوں اور کوکونوں کے کمرے الگ الگ ہوتے ہیں۔ انڈوں کے کمرے سب سے اُوپر کی منزل میں، سُنڈیوں کے

خانے اُن سے نیچے ، جہاں یہ اپنے قد اور عُمر کے مُطابق رکھی جاتی ہیں ، کیا مجال جو بڑی سُنڈی چھوٹی سُنڈی کے ساتھ ایک کمرے میں رکھ دی جائے ۔ اسی طرح کوکونوں کے کمرے بھی بالکل الگ ہوتے ہیں۔

"اور چیونٹیاں خود دوسرے کمروں میں رہتی ہیں ۔"

احمد نے کہا : " آپ اپنے سنگھار کا بھی تو کچھ کہہ رہی تھیں ۔"

چیونٹی نے کہا : " جی ہاں ! تن کی صفائی بہت ضروری ہے ، ہر چیونٹی کو صفائی کا خبط ہوتا ہے ، وہ کچھ نہیں تو دن میں بیس دفعہ ایک دوسرے کو کنگھی کرتی اور رگڑ رگڑ کر صاف کرتی ہیں ۔"

احمد نے کہا: "خیر معلوم ہوگیا کہ آپ کو بننے ٹھننے کا بہت شوق ہے، مگر گھر کے اور کون کون سے کام ہیں جو آپ کرتی ہیں؟"

چیونٹی نے کہا: "سب سے ضروری کام تو گائیں بھینسیں پالنا ہے، پھر اُن کے تھانوں کی صفائی اور اُن کے دُودھ دُوہنے کا کام بھی ہمیں کو کرنا پڑتا ہے۔"

احمد بولا: "آپ تو مجھے بنا رہی ہیں، بھلا گائیں بھینسیں آپ کے مُنّے سے بِل میں کیسے گھُس سکتی ہیں۔ ہاں! یہ دوسری بات ہے کہ آپ کو کوئی جادو آتا ہو۔"

چیونٹی نے جواب دیا: "آپ کو یہ کیسے خیال ہوا کہ ہم انسانوں کی گائے بھینسوں کو اپنے بل میں لے جاتے ہیں، ہماری بستی میں

مولیشی کا کام تو کئی قسم کے کیڑے، مثلاً نیلی تِتلی، ہری مکھی، روکھ جوں اور ایک قسم کے جھینگر کرتے ہیں۔ ان سب کیڑوں کے انڈے ہم درختوں پر سے اُٹھا لاتے ہیں اور اپنی رانی کے انڈوں کی طرح اُن کی دیکھ بھال کرتے ہیں۔ جب ان میں سے بچّے نِکل کر جوان ہو جاتے ہیں تو ہم اُنھیں بستی میں تھانوں پر پہنچا دیتے ہیں۔ بعض دفعہ ہم درختوں پر چڑھ کر بھی اِن کیڑوں کا دُودھ دُوہ لاتے ہیں۔"

احمد نے حیرت سے پوچھا: "آپ کیڑوں کا دُودھ کیسے دوہتی ہیں؟"

چیونٹی نے کہا: "جب ہمیں اُن کے دودھ کی ضرورت ہوتی ہے تو ہم اُن

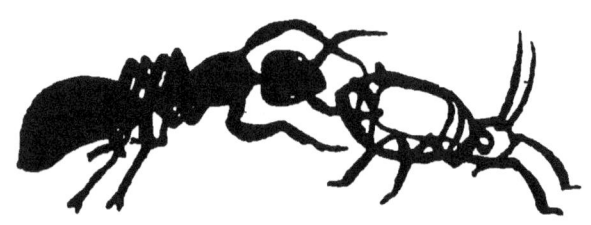

چیونٹی دودھ دوہ رہی ہے

کے پاس جاکر اُنھیں اپنی موچھوں سے سہلاتے ہیں، اُن کے جسم میں سے بہت لذیذ قسم کا شربت سا نکلنے لگتا ہے جو چیونٹیوں کو بہت پسند ہے۔"

احمد نے کہا: "اتنے بہت سے کام کرنے کے بعد تم کبھی آرام بھی کرتی ہو؟"

چیونٹی بولی:- "جی ہاں، کیوں نہیں، ہم آرام بھی کرتے ہیں اور کھیلتے بھی ہیں۔"

احمد بولا: "وہ کیسے؟"

چیونٹی نے بتایا : "ہمارے یہاں کبھی مقابلے کے کھیل ہوتے ہیں ، کبھی دوڑیں اور جھوٹ موٹ کی لڑائیاں "

احمد نے کہا : "اُفوہ ! یہ تو بہت ہی دِل چسپ چیز ہے ، ذرا بتائیے تو یہ کب اور کیسے ہوتی ہیں ؟"

چیونٹی نے کہا : "بہت کام کر چکنے کے بعد جب ہمارا دل کھیلنے کودنے کو چاہتا ہے تو ہم بِل سے باہر دھوپ میں آجاتے ہیں ، اس وقت ہم سب مل کر خوب اودھم مچاتے ہیں ۔ کبھی کشتی لڑتے ہیں ، کبھی کبڈی کھیلتے ہیں اور کبھی ایک دوسرے کو گھسیٹتے گھسیٹتے دور تک لے جاتے ہیں ، مگر اس بات کا خیال ہمیشہ رکھتے ہیں ،

کہ کسی کے چوٹ نہ آجائے۔"

احمد نے پوچھا :۔ "چیونٹی آرام کب کرتی ہے؟"

چیونٹی بولی : "جب کوئی چیونٹی بہت بوجھل چیز اُٹھاتے اُٹھاتے تھک جاتی ہے تو واپسی پر بستی کی دربان چیونٹیاں اس کی پیشوائی کو بڑھتی ہیں یہ فوراً دربانوں کو اپنی تھیلی میں سے نکال کر کچھ کھلاتی ہے اور وہ رگڑ رگڑ کر اُسے خوب صاف کرتی اور دھول چھٹانے کے بعد بڑے پیار سے آرام کمرے میں لے جاتی ہیں ۔ یہ کمرہ شور و غل سے بہت دور ہوتا ہے ، جہاں یہ تھکی ہوئی چیونٹی آرام سے پڑ کر

سو جاتی ہے ، بعض دفعہ تو اتنی بے خبر سوتی ہے کہ اگر بستی پر کوئی آفت بھی آجائے تو یہ پڑی سویا کرتی ہے یا نیند میں جان بچا کر بھاگ لیتی ہے۔"

احمد نے پوچھا : " آپ کے ہاں آرام کمروں کے علاوہ اور کیا کیا کمرے ہوتے ہیں؟"

چیونٹی بولی : " دالان ۔ غلّے کی کوٹھیاں چھپالیں ، نرسری کے کمرے اور بعض قسم کی چیونٹیوں کے ہاں تو مویشیوں کے تھان، تہہ خلنے

چیونٹی کا پل

اور سانپ کی چھتری کے کھیت بھی ہوتے ہیں۔"

احمد نے اچنبھے سے پوچھا: "بھلا سانپ کی چھتری کے کھیت کا چیونٹی کے بِل میں کیا کام؟"

چیونٹی نے کہا: "حیرت کی کیا بات ہے دنیا میں ہزاروں قسم کی چیونٹیاں ہوتی ہیں، میں تو آپ کو اُن میں سے چند کی مِلی جُلی عادتیں بتا رہی ہوں۔ ایک قسم کی چیونٹی کاشتکار چیونٹی کہلاتی ہے۔ یہ پہلے تو پتّوں کو کاٹ کاٹ کر بِل میں جمع کرتی ہے۔ اور پھر اُنھیں زمین پر پھیلا کر اُس میں سانپ کی چھتری کا بیج بو دیتی ہے۔ جب فصل تیّار ہو جاتی ہے تو اُس کے انڈے اور بچّے اسی کاشت پر پلتے ہیں۔"

احمد نے کہا: "کیا چیونٹیوں کی بستی میں اناج کی کاشت بھی ہوتی ہے؟"

چیونٹی نے جواب دیا: ” دہقان چیونٹی چاول کی کاشت کرتی ہے۔ یہ اناج اکٹھا کرکے اپنی کوٹھیوں میں بھر لیتی ہے۔ اگر کبھی اناج سیل جاتا ہے تو یہ اُسے سُکھانے کے لئے خاص کمروں میں لے جاتی ہے جو عام طور پر اوپر کی منزل میں ہوتے ہیں“

احمد نے کہا: ” سیلن سے تو اناج کے کلّے پھوٹ آتے ہوں گے؟“

چیونٹی نے جواب دیا: ” دہقان چیونٹی اناج بڑی احتیاط سے رکھتی ہے۔ یہ چاول ” چیونٹی چاول“ کہلاتا ہے۔ چیونٹیاں پہلے دھان کو صاف کرکے چاول بناتی ہیں پھر اُنھیں، اناج کی کوٹھیوں میں بھر لیتی

ہیں ۔ اگر چاول کبھی بہت سیل جاتے ہیں تو اُنھیں دھوپ میں پھیلا کر سکھاتی ہیں اور جن چاولوں کے کلّے پھوٹ آتے ہیں اُن کو وہیں پھینک کر باقی چاول بِل میں واپس لے جاتی ہیں ۔ تھوڑے دِن کے بعد اِن کے بِلوں کے باہر دھان کی ہری ہری کھیتی لہلہانے لگتی ہے جن میں دو انچ سے پانچ انچ تک چوڑی پگ ڈنڈیاں بنی ہوئی ہوتی ہیں تاکہ اناج لانے اور لے جانے میں سہولت رہے ۔"

احمد نے پوچھا: " چیونٹی اناج کیسے کھاتی ہے ؟"

چیونٹی نے جواب دیا : یہ اُسے منہ سے کُتر کُتر کر مہین آٹا سا بنا لیتی ہے

پھر اُس کا حریرا یا دلیہ تیّار کر کے کام میں لاتی ہے۔ بعض بستیوں میں چیونٹیاں اناج کا آٹا بنا کر اُسے گوندھتی ہیں پھر منہ سے ننّھے ننّھے بِسکٹ تیّار کر کے دھوپ میں سُکھاتی اور گوداموں میں بند کر کے بڑی حفاظت سے رکھ دیتی ہیں۔"

احمد نے کہا: "چیونٹی تو سچ مچ بہت ہی ہوشیار ہوتی ہے۔"

چیونٹی نے کہا: "ہوشیار تو خیر کیا ہے مگر محنتی بہت ہے۔ ہر چیونٹی کی ڈیوٹی مُقرّر ہوتی ہے، جو کام اُس کے سُپرد ہوتا ہے چاہے وہ کتنا ہی مشکل کیوں نہ ہو اُس کو وہ کر کے چھوڑتی ہے۔ اصل میں تو ضرورت ایجاد کی

ماں ہے، ضرورت ہی اُنھیں سب کُچھ سِکھاتی ہے یہی اُنھیں کاشتکار، نانبائی معمار اور درزی بناتی ہے"

احمد حیران ہو کر بولا: "کیا آپ کے ہاں درزی بھی ہوتے ہیں۔ بھلا یہ کیا سیتے ہوں گے، آپ کپڑا تو پہنتی نہیں؟"

چیونٹی نے کہا: "درزی ایک قِسم کی سُرخ چیونٹی ہوتی ہے یہ ہماری طرح بِلوں میں نہیں رہتی، بلکہ درختوں پر بسیرا کرتی ہے۔ یہ اکثر آم کے پیڑ پر اچھی سی جگہ ڈھونڈ کر دو چار پتّے پسند کر لیتی ہے، پھر بہت سی چیونٹیاں ایک پتّے کے کنارے پر برابر قطار میں کھڑی ہو کر پچھلی ٹانگوں سے اُسے

پکڑ لیتی ہیں اور دوسرے پتّے کے کنارے کو جبڑوں سے پکڑ کر دونوں کو برابر لے آتی ہیں، جب دونوں پتّوں کے سرے قریب آجاتے ہیں تو ایک چیونٹی جاکر ایسی سُنڈی پکڑ لاتی ہے جو اپنے لئے ریشم کات کر خول بنا رہی ہو، چیونٹی سُنڈی مُنہ میں تھام کر سُنڈی کا مُنہ کبھی ایک پتّے کے کنارے سے چھُواتی ہے کبھی دوسرے سے، سُنڈی کے منہ سے ریشم کا تار پتّوں کے کناروں پر چپکتا چلا جاتا ہے، اس طرح بہت سے پتّوں کو جوڑ کر

چیونٹی سُنڈی پکڑ کر لا رہی ہے

یہ اپنے لئے گول سا گھر بنا لیتی ہے۔"

احمد نے پوچھا: "آپ اپنا گھر کیسے بناتی ہیں؟"

چیونٹی نے کہا: "ہم تو زمین کے نیچے بلوں میں رہتے ہیں۔ ہماری بستی دیمک کی بستی کی طرح اوپر سے نیچے کو نہیں بڑھتی بلکہ دائیں بائیں پھیلتی ہے اور ہم اپنی بستی میں لکڑی کے شہتیر اور بلّیاں بھی استعمال کرتے ہیں۔"

چیونٹیاں شہتیر اٹھا کر لا رہی ہیں

احمد نے کہا: "آپ نے بستی کی اور سب باتیں تو بتا دیں پر اپنی بستی کی رانی کی کہانی

نہیں سُنائی ۔ کیا دیمک کی طرح آپ کی بستی میں بھی راجہ اور رانی ہوتے ہیں ؟"

چیونٹی نے کہا : "جی نہیں تو دیمک کی بستی کی طرح ہماری بستی میں راجہ نہیں ہوتا، شہد کی رانی کی طرح ہماری رانی بھی اکیلی ہی رہتی ہے ۔ ہماری رانی ہم سے قد میں بڑی ہوتی ہے مگر دیمک کی رانی کی طرح بیس ہزار گُنا بڑی نہیں ہوتی ۔"

احمد نے پوچھا : "آپ کی رانی کی شادی تو ہوتی ہوگی ؟"

چیونٹی نے کہا : "شادی کیوں نہیں ہوتی ایک اچھا سا دن دیکھ کر جب بادل اور

ہوا نہ ہوں، شادی کی تاریخ مقرر ہو جاتی ہے، اور آس پاس کی سب بستیوں کی شہزادیاں شہزادوں کے ساتھ بلوں سے نکل کر زندگی میں پہلی اور آخری بار ہوا میں اُڑ جاتی ہیں، جو شہزادہ کسی شہزادی کو تیزی سے اُڑ کر پکڑ لے اس سے شہزادی کی شادی ہو جاتی ہے۔ شادی کے فوراً بعد نئی دُلھنیں زمین پر اُتر آتی اور آس پاس کی بستیوں میں چلی جاتی ہیں مگر بچارے شہزادے وہیں پر اُتر کر مر کھپ جاتے ہیں۔"

احمد نے پوچھا: "کیا بستی کی پُرانی رانیاں نئی دُلھنوں کو مار نہیں ڈالتیں؟"

چیونٹی نے جواب دیا: "جب دُلھنیں

شادی کے بعد نیچے آتی ہیں تو بعض دفعہ کچھ چیونٹیاں اُن کے اِنتظار میں کھڑی ہوتی ہیں۔ وہ فوراً اپنی نئی دُلھنوں کو پکڑکر اپنی بستیوں میں لے جاتی ہیں اور وہاں کی رانیاں اِن نئی دُلھنوں کو کچھ نہیں کہتیں، ہاں اگر کسی پرائی بستی کی رانی اُن کے چھتے میں آجائے تو وہ سب مِل کر اُسے مار ڈالتی ہیں۔

"جب چیونٹیاں نئی دُلھن کو چھتے میں لے جاتی ہیں تو فوراً اُس کے پر نوچ ڈالتی ہیں اور جب تک اس کا دل نہ لگ جائے اُس پر سنگین پہرہ لگائے رہتی ہیں کہ کہیں وہ بستی سے نِکل کر بھاگ نہ جائے۔ جب اس کا دل لگ جاتا

ہے اور وہ انڈے دینا شروع کر دیتی ہے
تو پہرہ ہٹ جاتا ہے مگر ہر رانی کے
ساتھ بستی میں جہاں جہاں وہ جاتی ہے
اُس کے اے، ڈی، سی اور باڈی گارڈ
ساتھ ساتھ چلتے ہیں۔"
احمد نے دریافت کیا: "اگر چیونٹیاں نئی
دُلھنوں کو بستی میں نہ لے جائیں تو کیا وہ
بھی شہزادوں کی طرح مر کھپ کر ختم ہو جائیں؟"
چیونٹی نے کہا: "جی نہیں! پھر وہ خود جا کر
نئی بستیاں بساتی ہیں۔ پہلے اپنے پر نوچ
دیتی ہیں، پھر ایک چھوٹا سا بل کھودتی ہیں
اور بہت دن چپ چاپ سونے کے بعد
جب انڈے دے چکتی ہیں تو خود اُن کی
دیکھ بھال کرتی ہیں۔ یہ ہفتوں فاقے کر کے

دن رات انڈوں اور سنڈیوں کی خِدمت میں لگی رہتی ہیں۔ مگر جب وہ بھوک سے نڈھال ہوکر مرنے لگتی ہیں تو دل پر پتھر رکھ کر اپنے کچھ انڈے خود کھا لیتی ہیں اور کچھ سُنڈیوں کو کھلا دیتی ہیں۔

"آخرکار ایک دن ایسا آتا ہے کہ جب کوکُون میں سے کام کرنے والی چیونٹیاں نکل آتی ہیں تو اب رانیوں کی مشکل آسان ہوجاتی ہے اور یہ گھر کے کام دھندے کو ہاتھ بھی نہیں لگاتیں۔ صرف انڈے دیتی ہیں اور چیونٹیاں رانی کی خدمت میں لگ جاتی ہیں۔"

احمد نے کہا: "اگر آپ کی بستی میں کوئی غیر چیونٹی آجائے تو آپ کیا کرتی ہیں؟"

چیونٹی نے جواب دیا: "چیونٹیوں کی نگاہ چونکہ بہت کم زور ہوتی ہے اِس لئے اُن کی سونگھنے کی قوّت بہت تیز ہے، جیسے ہی دربان کسی غیر چیونٹی کی خوشبو سونگھتے ہیں فوراً اُسے قتل کر دیتے ہیں، بستی میں گھسنے ہی نہیں دیتے۔"

احمد نے پوچھا: "دربان غیر چیونٹی کو قتل کیوں کر کرتے ہیں؟"

چیونٹی نے کہا، "کوئی ایک طریقہ ہو تو بتاؤں، چیونٹیوں کے پاس اُن کا جبڑا ہی اُن کا سب سے کار آمد ہتھیار ہے، ہر قسم کی چیونٹی کا جبڑا الگ وضع کا ہوتا ہے۔ کسی کا جبڑا چمٹی جیسا، کسی کا سنسی کی طرح، کسی کا دراتی، کسی کا قینچی، کسی کا زمنبور اور

کسی کا آری کی شکل کا جس سے وہ پل بھر میں دشمن کا سر دھڑ سے الگ کر دیتی ہے۔

"ایک قسم کی چیونٹی ایسی بھی ہوتی ہے جس کی دُم میں زہر کی پچکاری ہوتی ہے جسے وہ گھمسان کی لڑائی میں دشمن پر چھوڑ کر اُس کے ہاتھ پاؤں بیکار کر دیتی ہے"

احمد نے حیرت سے پوچھا: "تو کیا آپ کے ہاں گھمسان کی لڑائیاں بھی ہوتی ہیں؟"

چیونٹی نے جواب دیا: "ضرور ہوتی ہیں اور ہم طرح طرح سے لڑائی لڑتے ہیں۔ بھانت بھانت کے جبڑوں اور زہر کی پچکاریوں سے دشمن کی خبر لیتے ہیں۔ لڑائی کے میدان میں آمنے سامنے آکر جنگ کرتے ہیں، دشمن کی فوج کو بھانپ کر اُس سے

زیادہ گنتی کی فوج لے کر اُس پر دھاوا بولتے ہیں، شبخون مارتے ہیں، پھر چپکے چپکے دشمن کے مورچوں میں گھُس کر اُنھیں کمزور کر دیتے ہیں۔ بعض دفعہ دشمن کو گھیرے میں لے لیتے ہیں۔ اگر کبھی خود گھر جاتے ہیں تو بڑی ہوشیاری سے دشمن پر دھاوا بولتے ہیں اور اگر کبھی ہار جاتے ہیں تو بڑی ترتیب سے پیچھے ہٹتے ہیں۔"

احمد نے کہا: "کیا سب قسم کی چیونٹیاں جنگ کرتی ہیں؟"

چیونٹی نے کہا: "جی نہیں، ایسی چیونٹیاں بھی ہوتی ہیں جو اہنسا کی قائل ہیں، یہ کبھی نہیں لڑتیں بلکہ جب اُن پر چیونٹیاں حملہ کرتی ہیں تو وہ اپنا بچاؤ اس بہادری سے

کرتی ہیں کہ دشمن اپنا سا مُنہ لے کر میدان سے بھاگ جاتا ہے۔ اور دُنیا میں ایسی چیونٹیاں بھی ہیں جو سوائے جنگ کرنے کے اور کچھ کام ہی نہیں کرتیں۔"

احمد نے کہا: "اِس لڑاکو چیونٹی کا نام تو بتایئے"

چیونٹی نے بتایا: "اس چیونٹی کو 'آمیزن' کہتے ہیں، اِن کی بستیوں میں سب کام اِن کی لونڈیاں کرتی ہیں۔"

احمد نے پوچھا: "'آمیزن' لونڈیاں کہاں سے خریدتی ہیں؟"

چیونٹی نے کہا: "خریدتیں تو کیا، یہ انھیں آس پاس کی بستیوں سے پکڑ لاتی ہیں۔ عام چیونٹیوں کی بستیوں میں اپنے اسکاوٹ بھیج کر موقع کی دیکھ بھال کراتی ہیں پھر ایک

دن سویرے سویرے چھوٹی چھوٹی ٹولیوں میں جاکر بستی کو گھیر لیتی ہیں اور جب یہ دھاوا بولتی ہیں تو بستی کی چیونٹیوں میں بھاگڑ پڑ جاتی ہے اور یہ اپنے انڈوں اور سُنڈیوں وغیرہ کو بچانے کے لئے جلدی جلدی باہر لے آتی ہیں تاکہ کسی حفاظت کی جگہ چُھپا دیں 'امیزن' اُنھیں حکم دے کر انڈے، سُنڈیاں اور کوکُون ایک طرف کو رکھوا دیتی ہیں۔ جو چیونٹی 'امیزن' کا مقابلہ نہیں کرتی یہ اُسے کچھ نہیں کہتیں مگر جو ان کا مقابلہ کرتی ہے وہ اپنی جان کھو بیٹھتی ہے۔"

احمد نے دریافت کیا: "امیزن' چیونٹی کے انڈوں اور سنڈیوں وغیرہ کا کیا کرتی ہیں؟"

چیونٹی نے جواب دیا: "اُسی بستی کی

چیونٹیوں سے اُنھیں اُٹھوا کر اپنی بستی میں لے آتی ہیں اور 'اَمیزن' کی بستی کی لونڈیاں دروازے سے اِن امڑوں اور سنڈیوں کو لے لیتی ہیں اور اپنی بستی کی نرسری میں رکھ کر اُن کی دیکھ بھال کرتی ہیں۔ جب اُن میں سے چیونٹیاں نکل آتی ہیں تو اُن کو لونڈی بنا لیا جاتا ہے۔"

احمد نے پوچھا: "کیا لونڈیوں کو بستی سے باہر آنے کی اجازت ہوتی ہے؟"

چیونٹی نے کہا:۔ "لونڈیاں ہی تو جا کر کھانے پینے کی چیزیں جمع کرتی ہیں 'اَمیزن' کو کھانا کھلاتی ہیں اور بستی کا سب کام لونڈیاں ہی کرتی ہیں۔ وفادار

اِس قدر ہوتی ہیں کہ مرتے دم تک 'اُمیزن' کا ساتھ نہیں چھوڑتیں۔ ان سے بڑھ کر فیاض، جفاکش، وفادار، فراخ دل اور باہمت کوئی دوسرا نہیں ہوسکتا۔"

چیونٹی جب احمد کو یہ سب قصّہ سُنا چکی تو بولی: "میاں احمد اب آپ چٹنی نکال لیجئے۔" احمد نے دیکھا تو مرتبان میں ایک بھی چیونٹی نہ تھی۔

احمد نے بڑی حیرت سے کہا: "ارے آپ کی سب بہنیں کہاں گئیں؟"

چیونٹی نے کہا: "آپ کے آتے ہی مجھے بہت خطرہ معلوم ہوا تو میں نے اپنے آس پاس کی چیونٹیوں کو اپنی موچھوں سے چھوکر خطرے کا

الارم بجا دیا جس کی خبر آناً فاناً سب چیونٹیوں کو ہوگئی اور وہ سب جلدی جلدی مرتبان چھوڑ کر بھاگ گئیں اگر آپ پھر مرتبان کھُلا ہوا چھوڑ جائیں گے تو وہ سب پھر آجائیں گی۔"

احمد نے کہا :۔ "یہ تو مجھے پہلے ہی معلوم تھا کہ چیونٹیاں بڑی جفاکش ہوتی ہیں مگر آج آپ کی باتیں سُن کر میری تو آنکھیں کھُل گئیں ، میں آج سے چیونٹی کو 'آن تھک جان' کہا کروں گا۔"

چیونٹی بولی "آپ کی مہربانی ہے کہ آپ نے ہمارے لئے ایسا اچھا نام چھانٹا۔ میں ابھی بستی میں جا کر سب کو

بتاتی ہوں۔" یہ کہہ کر چیونٹی وہاں
سے جلدی جلدی گھر کی طرف روانہ
ہو گئی۔ احمد نے پیالی میں چٹنی نکالی اور
لا کر دسترخوان پر رکھ دی۔